FRIHETEN

NORDAHL GRIEG

FRIHETEN

PUBLISERT FØRSTE GANG

GYLDENDAL NORSK FORLAG
OSLO 1945

OMSLAGET AV ALF ROLFSEN

PUBLISERT AV

WICHNE BOK
2020

www.wichnebok.no

INNHOLD

GERD 11
17. MAI 1940 13
SANG TIL DEN NORSKE HÆR I SKOTTLAND 16
EIDSVOLL OG NORGE 18
LONDON 22
GODT ÅR FOR NORGE 25
ÅRSDAGEN 30
TIL DE TYSKE SOLDATER 33
DE NORSKE BARNENES SANG 39
SKUESPILLER KAPTEIN MARTIN LINGE 42
FLYGESOLDATENES SANG 46
TIL SVERIGE 47
TIL NORSK UNGDOM SOM VENTER I SVERIGE 50
ØYA I ISHAVET 53
KONGEN 55
DE BESTE 67
VIGGO HANSTEEN 69
DANMARK 81
GENERAL FLEISCHER 84
WERGELANDSFANEN 85
PÅ TINGVELLIR 94
SJØFOLK 106

Til
MIN HUSTRU

GERD

Bomber falt rundt huset.
Blåblek lyste løkten
gjennom nattemørket
i hotellets gang,
mens jeg famlet mot deg
for å be deg komme.
Sakte fra det fjerne
hørte jeg du sang.

Ikke for å trosse,
ikke for å glemme,
snarere i tanker,
kanskje litt distré,
lyttet du til noe
i ditt eget indre,
og i ubevissthet
nynnet du om det.

Det var hjemlands toner.
Alt som du bar med deg,
veldet frem som livets
glae sterke mot,
slik som grønne sevjer
stiger som et lys-slør
over treets krone,
selsomt, fra dets rot.

Du var måkevinger
over hvite holmer,
lyng som flammet skumvåt
langs et bekkefar,
fuglefløyt om våren,
vinterskogens stillhet.
Du var for mitt hjerte
kilden, ren og klar.

17. MAI 1940

I dag står flaggstangen naken
blant Eidsvolls grønnende trær.
Men nettopp i denne timen
vet vi hva frihet er.
Der stiger en sang over landet,
seirende i sitt språk,
skjønt hvisket med lukkede leber
under de fremmedes åk.

Det fødtes i oss en visshet:
Frihet og liv er ett,
så enkelt så uunnværlig
som menneskets åndedrett.
Vi følte da trelldommen truet
at lungene gispet i nød
som i en sunken u-båt...
Vi vil ikke dø slik en død.

Verre enn brennende byer
er den krig som ingen kan se,
som legger et giftig slimslør
på bjerker og jord og sne.
Med angiverangst og terror
besmittet de våre hjem.
Vi hadde andre drømmer
og kan ikke glemme dem.

Langsomt ble landet vårt eget
med grøde av hav og jord,
og slitet skapte en ømhet,
en svakhet for liv som gror.
Vi fulgte ikke med tiden,
vi bygde på fred, som i tross,
og de hvis dåd er ruiner
har grunn til å håne oss.

Nå slåss vi for rett til å puste.
Vi vet det må demre en dag
da nordmenn forenes i samme
befriede åndedrag.

Vi skiltes fra våre sydpå,
fra bleke utslitte menn.
Til dere er gitt et løfte:
at vi skal komme igjen.

Her skal vi minnes de døde
som ga sitt liv for vår fred,
soldaten i blod på sneen,
sjømannen som gikk ned.
Vi er så få her i landet,
hver fallen er bror og venn.
Vi har de døde med oss
den dag vi kommer igjen.

Lest i radioen fra Nord-Norge 17. mai 1940.

SANG TIL DEN NORSKE HÆR I SKOTTLAND

Det var hjem vi sjøfolk skulle,
hver gang vi dro ut på reis,
det vil våre kjære huske,
om vi heftes underveis.
Når vi kommer inn fra havet,
har vi gaver med til dem.
Denne gangen skal vi bringe
frihet hjem.

De som sloss i fjell og fjorder
for den jord de hadde kjær,
seilte med sin drøm om hjemferd
til vår frie norske hær.
Og nå drar vi mot et Norge
som er fritt for tyranni.
Om så reisen gikk rundt jorden —
hjem skal vi.

Vi er vant til høye himler,
stjerner sees fra et dekk.
Med en storm skal vi slå følge
for å sope pesten vekk.
Våre barn skal være frie,
som vi selv er frie menn.
Luften over Norge skal bli
ren igjen!

                        Skottland, juli 1940.

EIDSVOLL OG NORGE

Snøføyket stod over fjorden,
der «Eidsvoll» og «Norge» gikk ned.
Menn som var våre venner
sank i et kokende skred.
Dagen brøt over mørk sjø
og over vår tapte fred.

Hundrede hjem langs kysten
ble dømt til et liv i savn.
Men mistet vi noe mere
utenfor Narviks havn?
Vår frihet, vårt land var våget
i «Eidsvolls» og «Norges» navn.

Det var som et varsel ble gitt oss.
Siden så vi en kveld
at landet selv sank i havet,
de siste luftbleke fjell.
Og kanskje grep om et hjerte
dragsuget av farvel.

Da kom de — vårt folk fra sjøen,
hastende hjem for å slåss; —
akterut sakket i stormen
havhest og albatross,
ukuelig var deres visshet:
det er ikke slutt for oss!

Det lenkeforaktende havet
fostret en slekt som er fri
med sinn som ikke kan stanses ...
Hvem følte så vilt som de
driften mot jorden de kom fra
og håpet de åndet i?

Den som seilte i ødet,
drømte seg hjemmet nær:
ømt som strøk han en kvinne
rørte han stein og trær.
Ingen som ikke har lengtet,
skjønner hva Norge er.

Den som har følt horisontens
evig vikende krets,
har fattet frihetens vesen:
aldri å bli tilfreds,
men alltid flytte dens grenser
videre ut etsteds.

Skjendet av vold stiger landet
mørkt av brenningens brem.
Så gi oss nye skiber,
og la de første av dem
ta navnene «Eidsvoll» og «Norge»,
for de skal føre oss hjem.

Ungdom, kvesset av tiden,
tar plassen til dem som falt.
Tvilernes verden gikk under,
nå må vi våge alt.
Et frihetsstevne skal holdes,
det skal bli ramt og salt.

I attenhundreogfjorten
kom de fra by og grend.
I dag har storhavet valgt dem
som skal ta landet igjen —
blåkrave-karer fra Norge,
værbitte Eidsvolls-menn!

                England, august 1940.

LONDON

I

Vi ligger i mørket og lytter til bombemaskinenes gang.
Fra spinnerier i himlen summer turbinenes sang.
Rastløst, rundt melkeveien, går flittige mønsterkvemer.
Så veltes en last utfor stupet, mot byggverk og menneske-
hjerner.

Vi kjenner det hvinende fallet av dynamitt og stål, —
som kroppen, fordi den er sårbar, var et magnetisk mål,
Huset vårt svaier i braket, til det igjen finner feste.
Den der var bestemt for andre. Så venter vi på den neste.

Men vi kan smile i mørket, beskyttet, fordi vi vet:
det finnes ting som er verre enn bombenes stupiditet.
Det er ikke Gestapos våpen som truer i luftangrepet.
Det er tross alt ikke sinnet som de har kraft til å drepe.

Vi har fått bedre skjebne enn de i Europas natt
som frykter at fienden skal ta dem, etter at motet er tatt.
I frihet skal vi få hjelpe de innestengte som kaller;
og derfor er det vi smiler, i mørket mens bombene faller.

II

Morgenen kommer med havets våte og bleke vær.
Måkene, drevet fra elven, flyr mellom disige trær.
Men der hvor mennesket bygget, står murer, forbrente
og sorte.
Her raget tårner mot himlen; og de er for alltid borte.

Kirker og støtter og saltgrå elisabethanske hus —
hvor rolig folket tar avskjed med alt som er lagt i grus.
Noe må bombene ramme. Velsignet hver bombe som skrånet
inn i et gotisk byggverk, hvis bare et barn ble skånet!

Kunsten skal ikke kjøpes med trelldom, ond og infam.
Hva hjelp i å miste sin frihet og redde sin Nôtre-Dame?
Kunsten har også rett til blodige sår som verker.
Og verden vil elske London for *manglen* på minnesmerker!

Kanskje må sinnet bli frigjort for fortidens trylletegn
som maner oss til å stanse. Over ruinenes stein
er rummet blitt høyere, større; uhindret stryker sydvesten.
Og friheten trekker sin ånde mer dypt i den nakne blesten!

III

Langs mitraljerte veier, på bombete busser og tog,
frem mellom byens ruiner, har konen på hjørnet dog
fått sine asters fra landet... Opp i morgenrå gater
strømmer flokker av småbarn, kjellernes bleke soldater.

Er det som glimter i himlen uttrykkelig gjort for de små?
Ballongenes sølvelefanter lunter omkring i det blå.
Og der, hvor om natten er slagmark og luftvernkanonene smeller,
står piker langs speilglassruter og kikker på hattemodeller.

Løvegul stiger solen. De bader seg, London by's
kjempende millioner i flommen av kjølig lys.
Da jamrer sireneropet, den angstfullt bølgende ringen
hvor vi er innesperrer; og dog anfekter det ingen.

Livet myldrer i gaten som varslet lød på: alt klart.
Lite betyr et angrep, men alt: at vi blir forsvart.
Det kjempes deroppe, vi ser det. Farten av jagerne riper
i himmelhvelvingens blankhet hvite susende striper.

Om kvelden vet vi hvorledes vår tryggede dag ble skapt.
«Tyve av fienden ble nedskutt; åtte av våre gikk tapt».
De ga oss det beste de hadde, de døde ukjente venner.
De ga oss en dag til & bruke, rakt med forkullede hender.

Igår, idag og imorgen skal flygernes stormblå flokk
gi til folket i London sin dristige målestokk.
Vi fikk en dag som skal brukes; og vi skal leve den under
en himmel av fallen ungdoms dyrekjøpte sekunder.

London, november 1940.

GODT ÅR FOR NORGE

Ubegynt, aldri ferdig,
er brevet vi skriver hjem.
Det ble ikke satt på papiret.
Vi vet det når ikke frem.
Det var i himlens og havets
ufølsomme rum vi skrev,
og ingen hjemme får vite
at det var deres brev.

Posten kan ikke ta det.
Sperret er fjord og fjell.
Men hjertet vårt kjenner en utvei:
at vi kan gå med det selv.
Nyttårsnatten i snelys
går vi etsteds i land,
og innover stiene sprer seg
en flokk på ti tusen mann.

Maskingeværer og stikkbrev,
soldater og politi
venter oss hvor vi kommer.
Usette går vi forbi.
Det er allikevel noe
som Gestapo ikke vet.
Medsammensvorne har møtt oss.
Men det er vår hemmelighet.

Kanskje er det vår barndom
som sier hvor vi skal gå —
gaten og skogen og tunet,
der vi har lekt som små.
Hvor meget de fremmede kartla,
tegnet de aldri inn
det landet som vi fikk rett til,
kjøpt med et barnesinn.

For oss er gårder i lien
og båtnøstet i sin vik
ord — vi kan tyde — fra slekten
som la dem akkurat *slik*.

Kan vi ta feil av veien?
Vi sprang den i glede så titt.
Vi gikk den en dag bak en kiste,
og lærte den, skritt for skritt.

Mot alt vi elsker og kjenner
er det hver av oss går,
så visst som at trekkfuglbruset
ikke kan stanses en vår.
Et barn vil ta oss ved hånden,
en mor har visst at vi kom;
og vi er sammen i landet
som vi alene vet om.

Hvem av oss er landflyktig?
Vårt eget folk er vi blant.
Men hver av de tyske som tramper
i gatene, er emigrant.
De strøk fra sitt land og kjøpte,
med andres hunger og blod,
nydelsen ved å herske
et år eller kanskje to.

Fritt levde de bak sine grenser.
Det var ikke nok for dem;
og smertens dag for de tyske
er dagen da alle skal hjem.
Et storhjem er det de krever.
Hvor mennesker lider og dør,
føler de: dette er Tyskland,
hvor Tyskland ikke var før.

Slik blir et fedreland mistet.
For intet hjerte slår rot
i dette isnende livsrum
av urett og overmot.
Seierherren er fange,
sin egen erobrings trell.
Vil han ha landet tilbake,
må han befri seg selv.

Men vi, av vårt folk, ble rotfast;
vi slapp ikke landets ånd.
Inatt skal vi komme i drømmen,
imorgen med våpen i hånd.

Vi kommer, men vi tar med oss
en bitterhet, vill og hård,
at mange må kjøpe med livet
den jord som alltid var vår.

Men etter den grusomme leken
som pinte, myrdet, rev ned,
ber vi at landet vi elsker,
må gi oss kraft til fred.
Volden selv må bli hjemløs,
når folket har funnet hjem,
og vi skal virkeliggjøre
det brevet som ikke kom frem.

London, desember 1940.

ÅRSDAGEN

Vi var nær ved nederlaget.
Vi strakk ikke til,
da vi ravet under slaget
niende april.
Frihet bærer med seg strenge
nådeløse krav,
og vi spurte litt for lenge:
«Hvor blir hjelpen av?»

Men vår frihet er et bilde
bare av oss selv;
stanses i vårt sinn dens kilde,
er vi dømt som trell.
Vi har lært det: Skal vi leve
ensomme og fri,
skjer det ikke ved å kreve,
bare ved å gi.

Hver av oss ble valgt å være *landet,*
dag for dag.
Vi er frihet, vi er ære,
vi er nederlag.
Har vi følt det kravets smerte
ved å gi seg hen,
som et sverd igjennom hjertet,
ble vi frie menn.

Står vi under skjebnens øde
ensom med vår tross,
kommer levende og døde
for å hjelpe oss —
de som gikk fra liv og lykke,
de som da det gjaldt,
orket intet regnestykke,
men betalte alt:

flygerne i himmelrummet,
menn på dørk og dekk,
fangene som venter, stumme,
på å føres vekk,
landets ukjente soldater...
Stolte kan vi si:
vi har fått som kamerater
bedre menn enn vi.

Skammens natt tar aldri ende
uten ved vår ild,
vi skal brenne og forbrenne
så en *dag* blir til.
Fra vårt hjerte, fra vår panne
skal, på veien hjem,
stå et lysskjær over landet,
når det stiger frem.

                England, april 1941.

TIL DE TYSKE SOLDATER

I.

Verden ble lovet dere!
De unge hjertene brente
ved drømmen om å erobre
land dere ikke kjente!

Var det på bunnen en reise —
hinsides krigens fronter —
i en ubendig drift mot
fremmede horisonter?

Med lystige sanger fra strupen
skulle dere marsjere,
mens storøyde barn og kvinner
sprang for å se på dere!

Hva ble den så, horisonten?
En stripe, avsvidd og øde,
som følger dere på marsjen:
ruinene og de døde.

Nå vet dere alt om seirens
fanfareskingrende lykke:
Å flytte frem, etter planen,
likene enda et stykke.

Nå står dere, tyske turister,
med øyne som glaner tomme,
fordi dere valgte å smadre
landskapet, ved deres komme.

II.

Dog, i de fremmede byer,
vunnet ved svik og kamper,
finnes den lovede verden,
hvor herskerstøvlene tramper.

Men går dere her, soldater,
og ser dere mennesker vike,
er disse meter av kulde
blitt deres verdensrike.

De burde møtt dere, glade,
med trinnene dansende lette,
siden de sulter så Tysklands
kvinner får spise seg mette!

Hvorfor er mennene bleke
om de ble frarøvet landet?
Her er det grunn til å forske
bak de gjenstridiges panne.

Med den som *tilbunns* vil forstå dem
snakker de, under torturen,
og gåten er løst når de synker
blodige ned, mot muren.

Men ser dere siden kvinner
som har grått øynene tørre,
og barn som mister sin barndom, —
er Tyskland derfor blitt større?

III.
Innenfor hatets piggtråd
som lukker seg mørk og snever,
tvunnet av blodig smerte —
er det erobrerne lever.

Når nederlagstimen kommer
og dere gjør klar til å flykte,
skal natten fylles av oppbrudd.
Har dere noe å frykte?

Dere får reisefølge!
Hevnerne skygger dere,
mennene fra Europa
som aldri kan smile mere.

Engang var dette milde
folk fra en gård eller gate...
Dere, skulptører fra Tyskland,
formet dem til å hate.

Alt, alt skal bli gjengjeldt.
Lenken en mann må slepe
blir i hans hånd en jernstump,
velegnet til å drepe.

Frykt ikke avsvidde byer,
de reiser seg nok etter evne,
men frykt for de avsvidde hjerter
som bare har kraft til å hevne.

Inn over Tysklands sletter
skal de forpinte rase, for
— som i et speil — å gjense
sin egen smertes grimase.

IV.

Men hver av de tyske soldater
som nekter å drepe og pine,
skal skrives opp for sin gjerning,
og han har beskyttet sine.

Idag er han kanskje ensom
og hendene hans er svake,
men han vil awepne tusen
og holde hevnen tilbake.

Sten-kulden i hans fiender
viker, og de vil skjønne
at menneskets sinn har godhet,
og vinterens trær kan bli grønne.

Hver som skaper en verden
hvor mennesker ikke hater,
er vernemakten om Tyskland
som ingen annen, soldater.

Engang når freden kommer,
skal stå et sus i hans indre,
som sommernatten omkring ham:
hans land er ikke blitt mindre.

Piggtrådhegnet er borte.
I kveldsbrisens svale lindring
kan sinnet få gå på reise,
grenseløst, uten hindring.

                London, november 1941.

DE NORSKE BARNENES SANG

Vi barn er også Norges vakt
i nødens dager hjemme.
Vår stumme krig mot overmakt
må ingen voksne glemme.
De kjemper, sier de, for oss;
men *sammen* er det vi skal slåss,
for vi har ikke mindre tross
enn mange som er eldre.

Vi har en far, en bror, en venn,
som er gått ut i striden.
Vi har sett glimt av bleke menn
hvis navn skal lyse siden.
De som er ute, er oss nær.
Fra havet venter vi vår hær,
når den står inn i vestenvær
med vinger over Norge!

Oss er det bruk for likefullt;
vi bærer frihetsflammen.
Gla kan vi tåle frost og sult,
fordi vi holder sammen.
De skudd som falt, skal vi gi svar:
hvert barn som har fått drept sin far
er ikke ensomt, for det har
oss norske barn til søsken.

Vi ser den tyske vememakt
(som snakker om sin ære).
Hver dag skal tenkes i forakt:
slik vil vi ikke være.
De trår de svake under hæl,
de piner legeme og sjel,
de lever for å slå i hjel.
Dem vil vi ikke ligne!

Vi vil bli sterke, hårde med;
men innenfor vår styrke
har vi et sinn, har vi en fred,
har vi en jord å dyrke.
Vi fikk et land hvor viddens vind
går ren og fri i stjerneskinn,
og finnes hatet i vårt sinn
er det fordi vi elsker.

Vi barn skal se den sprengt en vår,
den store fangeleiren.
Alt som kan gro, må lege sår,
for det er også seiren!
Den dag det siste slag er slått,
da skal de voksne ha forstått:
Vi skulle kjempet like godt.
Men vi skal bygge bedre!

      Desember 1941.

SKUESPILLER KAPTEIN MARTIN LINGE

Det var gjerne mindre roller
han i fredens dager fikk.
Mange andre skulle roses
før han kunne få kritikk.
Ingen følte under krigen
i sitt hjerte noe savn,
da de sløyfet på plakaten,
nederst, Martin Linges navn.

Mens de spilte gamle stykker
i vår blodige april,
flertes teppet for et annet,
vilt og ukjent skuespill,
aldri øvet, aldri prøvet,
jagende fra sted til sted —
det var Norges skjebnedrama.
Dér var Martin Linge med.

Slitt fra søvnen i en vårnatt
fikk enhver av folkets sverm
presset inn i sine hender,
bydende, en rolleperm,
og hvert blad var ubeskrevet,
og hver vei var mørk og blind,
og til alle kom et stikkord.
Gla gikk Martin Linge inn.

I sitt edle varme hjerte
fant han det han skulle si:
drømmen om å gjøre slekten
mere rank og mere fri.
I den hårde stjernekulden
stod han smilende parat;
han som ikke kunne gjøgle
ble den frie kunsts soldat.

Alltid vokste rolleheftet
med hans klare sterke skrift,
og han spilte det han diktet
og hans drøm ble til bedrift.
Alltid flere måtte undres
ved hans vesens milde makt.
Men en manns og kunstners gjerning
dømmes etter siste akt.

Timen kom. Han kjente scenen:
stille hav og hvite fjell.
Dét var Nasjonalteater —
bygget opp av Norge selv!
Mot de tyske rekker gikk han
i sin norske uniform
med en håndgranat i neven,
og tok publikum med storm!

Her fikk skuespiller Linge
lysende sitt gjennombrudd,
møtt av ingen bifall-salve,
men av mitraljøse-skudd.
Da han sfupte, ramt i brystet,
hadde, blodig, han gitt alt
som en kunstner har på hjerte.
Det var slutt, og teppet falt.

Men hans folk, fra hav til fjellbygd,
frihetskrigens stride menn,
som en kunstner sjelden når til,
de står rikere igjen;
og de veier hovedrollen
som han tok, men aldri fikk,
og de føler det han følte,
og de gir ham god kritikk.

Skrevet etter kaptein Linges død
under Måløy-raidet 27. desember 1941.

FLYGESOLDATENES SANG

Vi flygesoldater som aldri går opp
og ikke har vinge på jakken,
vi sliter med motor, med våpen og kropp,
til flyet står trimmet på bakken.
For han som skal kjempe etsteds i det blå
må vite at oss kan han stole på.

Vi gjorde ham rede, hans strid er blitt vår,
med det får vi bakkefolk trøstes.
Vi er de ukjente. Det vi sår,
skal oppe blant skyene høstes.
Vi takkes for slitet vårt tusenfold
når jageren tumler i seiers-roll.

Som himmelens kamper av solskinn og regn
gir grøde til jorden dernede,
skal flygerens strid gjennom himmelens egn
gi jorden tilbake dens glede.
Det håp som blir pløyd i en Spitfires spor
skal bølge som frihet på hjemlandets jord!

London, februar 1942.

TIL SVERIGE

Vi kan ikke alltid skimte deg, bror,
for uværet skiller våre grender.
Men kaller det på oss fra natten et ord,
da lytter vi, og husker: vi er frender.

Som bjørkene stod langs vårt grenseskjell
som søskene, stamme ved stamme,
og delte den gull-bleke midtsommerkveld
har folkene villet det samme.

Gressbakken groende under vår hånd
Var seiren vi ønsket for landet.
For oss ble det vekst ved en motstanders ånd,
og ikke ved hans sønderskutte panne.

Den grønnende jorden seilte vi om;
i stor-rummet fløy våre lengsler.
Et rikere liv ble igjen der vi kom,
og ikke et imperium av fengsler.

Vi skiltes i mørket da lynet slo ned
og hver måtte tenke på sine.
Men kommer et vennesinns bud fra din fred,
da vit: at våre kjempere er dine.

Da strider de for deg, fengslenes menn,
de stumme, de blodig-bleke ranke,
som, mishandlet, martret, gir livet sitt hen,
men ikke forråder sin tanke.

Spitfire-flygemes grågås-trekk
og strandhuggets unge soldater,
de synkende menn på et flammespent dekk,
de hilser deg som dine kamerater.

Vi drømte som du om fred for vårt land.
Hvem skulle vel bedre forstå deg?
Vi ønsker deg vel. Uten stolthet er han
som legger sine egne byrder på deg.

Du har din nød. Vi skal ikke be.
Men sier vi: intet er kravet,
da gi oss, min bror, ikke mindre enn det.
La intet være din gave!

Hver går sin vei, men tross alt i den tro
at hemmelig lever du ved siden,
så kanskje det kan vidnes en junikveld: vi to
har reddet våre hjerter gjennom striden.

Stum, ventende, ligger din bygd og din strand,
mens himlen er trusel-tung av torden.
Du vet at ditt land blir ikke ditt land,
om treller lever, frie dør i Norden.

London, april 1942.

TIL NORSK UNGDOM SOM VENTER I SVERIGE

Fra fare, men renhet, kom du.
Tilbake kan ingen gå.
Mot frihet og våpen dro du.
Dit kan du ikke nå.
Strandet halvveis på reisen,
blant tusene innestengte,
synes du dømt til et halvliv
mellom å savne og lengte.

Om vennlighet strømmer mot deg,
tenker du kanskje kort,
at selv får du hjertelaget,
men fienden: troppetransport.
Hvis volden får gjøre et sjakk-trekk,
flyttes din sak, som en brikke.
Men makt til å rokke ditt indre
har de allikevel ikke!

Du skal ikke svare for noe
uten din nakne sjel.
Deg når ikke halvlyset, halvveis,
hvis bare du selv er hel!
Alt hva du har, er din styrke,
for dyrebar til å forvitre
i anklager mot noen annen.
Bare de veke er bitre.

Du har din front du skal holde,
som vi og de du forlot.
Krig er ofte å vente.
Tålmod er også mot.
Men fantes den fattigste utvei,
tagg du om plass i den skaren
som gikk tilhavs uten våpen,
gla ved å møte faren!

Din hær har fått sine falne,
før den er kommet i strid.
De ville ikke tilbake
og nektet å be om grid.
En dag i kamp, og med våpen,
en dag, er alt du vil kreve;
for skulle den bli din siste,
fikk du allikevel leve!

Hvem eier mer rett til å kjempe!
Om måneder, kanskje, må gå,
er ett så sikkert som seiren:
at deg vil det kalles på!
Selv i den dypeste natten
trenger vi aldri en strime
av lys, for å tro på dagen.
Slik skal du tro på din time!

For å gi flamme til folkets
hamrete hvite glød
gikk du en natt over grensen;
tilbake ble venner i nød.
De ser etter falden i stormen,
bakbundne står de, men rake.
Død eller levende skal du
bringe den ilden tilbake!

Skottland, mat 1942.

ØYA I ISHAVET

Mørk står en øy av hav,
ensom og kald og bar.
Dette er Norges land.
Dette er alt vi har.

Vinterens svarte storm,
sommerens skoddesus
stryker det øde land:
 isflak og stein og grus.

Her er vår jord, vårt hjem.
Men våre sinn ble skapt
langsomt i bildet av
landet som vi har tapt.

Blomster og skog og gress
ga oss sin vekst og fred,
så vi må blø med alt
liv som blir trampet ned.

Dyp er vårt hjemlands muld.
Hemmelig er vi ett
med hver en sorg som gror.
Men det er ikke rett.

For vi har tapt vårt land,
tapt det fra hav til fonn.
Og skal vi vinne det,
skjer ikke det ved ånd.

Her er vårt land: En øy.
Blesten går strid og kald.
Drømmer kan ikke gro.
Drepe er alt vi skal. —

Slik at en annen slekt
åpen og varm og fri
kan, mellom løv og korn,
slippe å bli som vi.

Ishavet, juli 1942.

KONGEN

I.

Slik vil Kongen leve for oss:
Ved en sølvblek bjørkestamme,
mot en naken vårskogs mørke,
står han ensom med sin sønn.
Tyske bombefly er over.

Slitets tunge, trette furer
i hans ansikt er hans egne.
Smerten i det gjelder andre.
Slik må fredens ansikt være,
grått og dradd av nattevåk,
jaget, pint, forhånt av voldsmakt,
men allikevel med styrken
til å lide med alt liv.

Han og bjørken hører sammen.
Som de døde er med mulden
er hans sjel blitt ett med landet.
Mannens rene, våre smerte,
stammens hvite, stille lys,
ser en dag de ikke kjente.
Noe fint og skjult skal krenkes.
Noe grovt og ondt skal komme.

Over smerten, sår og hudløs,
lukker der seg strengt en vilje.
Slik må fredens ansikt være,
dirrende av spente sener,
i en hård forakt for mordet,
i et vern for alt den elsker.

Rak og høy står han ved bjørken,
stirrende mot det som kommer,
ørne-ensom, ørne-stolt.

II.

Da de tyske overfalt oss
og bød trelldom, svarte Kongen
at han nektet for seg selv.
Men det var hans folk som hadde
valget; bare *det* fikk svare.

Ingen presset han i kampen,
ingen tryglet han om støtte.
Sky og var for andres skjebne,
angst for andres rett å leve —
siden hver må dø alene —
stod han, uten krav, og ventet.

Aldri var vårt land så øde:
veier stengt og byer lammet,
det var langt fra sinn til sinn.
Var det ikke som hvert hjerte
fikk lagt valgets byrde på seg,
bevende: hva skal jeg gjøre?

Blekt og stille traff de valget,
først hans råd, og siden folket.
Første svaret kom fra havet.
Førti tusen norske sjøfolk,
en for alle, valgte strid,
valgte hjemløshet og lengsel,
valgte flammedød og koldbrann,
valgte drift på spinkle flåter
tusen ville mil fra hjelpen;
evig heder skal de ha!

Men de valgte det de kjente,
dekk og dørk, sitt eget arbeid.

De som gikk i krigen hjemme
valgte det de ikke kjente,
valgte det de ikke kunne.
Men de fant seg vei mot fienden,
fra fabrikken og kontoret,
fiskebåten, skolepulten;
oftest fikk de ingen ordre
uten den de ga seg selv.

Snøen brånet, bjørken spratt.
Rugden trakk i månenatten.
Tyske tanks var sør i dalen.

Med sitt hode fullt av våronn
gikk en mann nedover bygden,
han bar giftering på fingren,
det var lukt av hest i klærne.
Luften mellom ham og stuen
der hvor barnene og konen
stod og stirret, øket svimmelt
til et isrum hvor han sank.

Det var far som gikk i krigen.

Mange var som *ikke* gikk.

Kornet modnes sent her nordpå,
stampes ikke frem av jorden.

Så kom nederlagets time.
Kongen og de få som fulgte,
seilte hjemløse fra landet,
langsmed kystens siste øyer
der hvor vårens hvite sjøfugl
nettopp hadde endt sin lange,
lengselsdrevne reise *hjem*.

Landet lå igjen, alene.

Men det såkorn som var kastet
inn i hvert et nakent hjerte
på en blek, forpint aprildag
vokste gjennom høstens mørke:
det var selv en måtte velge.

Tapt og hjelpeløs var ingen:
hver var ensom med det største,
hver var ensom med seg selv.

Over jordens overflate
myldret landets nye herrer.
Vold og hykleri var paret,
og de kalte seg for gartner
når de bare var en luspest
ynglende om folkets røtter,
giftig, gravende og grådig:
hvor er frihet, finn den, drep den.

Det ble ikke tungt å velge.
Tusen seilte over sjøen,
trosset bombefly og dødsdom,
storm og hav de ikke kjente
på en liten fiskeskøyte,
færingsbåt gikk også an.

Da de kom iland på kaien,
ba de straks om mere fare;
jagerfly var alltid drømmen,
og de brente etter kampen
som en elsker mot sin elskte.

Mange fikk det som de ville,
og de flyr idag Kanalen
til sitt ville stevnemøte.

Nød og terror ble i landet.
Alt ble plyndret og besmittet
men det siste, *egentlige:*
menskesinnet fikk de ikke.

Barnene stod først i striden:
det var vekstens eget opprør.
Kanskje barn har mest å verge,
siden de skal leve lengst.

Presset øket, hver fikk svare:
hva han mente med sitt liv.
Sa han at han mente noe,
ble han fengslet, slått og martret
av en flokk med syke treller
i den hatefulle angsten
for en frihet som de aldri
lærte av en førertrell.

Kornet modnes sent her nordpå.
Mannen, ensom med sitt indre,
velger langsomt, han må kjenne
hva han tror på, hvem han er,
men så føler han en lykke
ved at valget er hans eget,
gjennom prøvet, gjennomlidt.
Friheten er grodd i frihet,
alt er hans, fra rot til blomstring.
Han har retten til sin tanke,
dyrebar som hjemmets jord.

Fengslets bleke pinte menn
synger når de går i døden.

Nå er åkeren blitt moden.

III.
Engang var det få rundt Kongen.
Nå står han og folket sammen,
og nå stiger det fra somme
dette underlige ropet:
du er fører, du er høvding,
og vi selv er kongehirden.

Hvorfor er det at de velger
ord fra våre fienders språk?
Fører, før oss, og vi følger.
Er det angsten for å tenke,
er det trangen til å velte
alle byrder på en annen?

Skyldes ikke verdens nød
at den tenkte altfor dårlig?
Skal vårt bidrag til dens frelse
være det: å *ikke* tenke?
Men det tankeløse ropet
skjuler noe urettferdig,
noe blindt og grusomt mot ham.

Førerskapet ofrer andre,
blodig må dets byrde være;
den skal Kongen være fri.

Ingen mann i dødens kval
i en livbåts frost på havet,
eller siste natt i cellen
kan fortvilet rope til ham:
hvorfor har du ført oss hit?

De vil huske ham med godhet,
som en venn og som en felle.
De gikk selv sin gang mot døden,
for de valgte, de som han.

Han som stod ved bjørkestammen
i sitt hemmelige slektskap
med den bleke vår omkring seg,
hadde smertelig en ømhet
for alt liv som skulle gro.
Ydmyk har han sett det vokse
dit hvor hver mann er alene,
dit hvor friheten blir døden.

Han er mere enn en fører,
for han trodde på de andre,
sinnets eget kongerike.

Mot en fremtid skal han gå,
for han selv har mere frihet
i sitt hjerte enn de fleste.
Derfor er han folkekongen
i et land hvor hver skal være
fører for sin egen skjebne,
høvding i sitt eget sinn.

Ishavet, august 1942.

DE BESTE

Døden kan flamme som kornmo;
klarere ser vi enn før
hvert liv i dens hvite smerte:
det er de beste som dør.

De sterke, de rene av hjertet
som ville og våget mest;
rolige tok de avskjed,
en etter en gikk de vest.

De levende styrer verden,
en flokk blir alltid igjen,
de uunnværlige flinke,
livets nestbeste menn.

De beste blir myrdet i fengslet,
sopt vekk av kuler og sjø.
De beste blir aldri vår fremtid.
De beste har nok med å dø.

Slik hedrer vi dem, med avmakt,
med all den tomhet vi vet,
men da har vi sveket de beste,
forrådt dem med bitterhet.

De vil ikke sørges til døde,
men leve i mot og tro.
Bare i dristige hjerter
strømmer de falnes blod.

Er ikke hver som har kjent dem
mer rik enn de døde var —
for menn har hatt dem som venner
og barn har hatt dem til far.

De øket det livet de gikk fra.
De spøker i nye menn.
På deres grav skal skrives:
De beste blir alltid igjen.

     Island, september 1912.

VIGGO HANSTEEN

I.

Hadde jeg skrevet noe, kom jeg ofte til deg.
Varmt falt lys ut i mørket fra Bernhard Herres vei.
Stjernene over åsen, skogen i aftensuset —
det var som om deres renhet var lukket inn i huset.

Det luktet epler i stuen, en høstlukt syrlig og frisk; som
gulvet nettopp var hvitskurt og nystrødd med enerbrisk.
Badet, skrubbet, i nattdrakt, kom veltende tre små gutter,
bestemt på å presse hver dråpe av dagens siste minutter.

De sa godnatt, som til livet. Bare en sprellende krop
nektet å la seg trøste, så mor tilslutt bar ham opp.
Armene la han om henne. Glemt var i guttens hjerte
at søvnen syntes ham nylig som verdens argeste smerte.

Slik som en juninatts bleke hus bevarer en dag
ble barnenes lys tilbake på dine ansiktsdrag.
Med *hjemmet* dypt i ditt vesen stod du i røkejakken,
gla og høy med den stolte skyheten over nakken.

Var ikke dette din gåte: at selve din harmoni
gjorde at du så voldsomt og prutningsløst tok parti?
Noen blir drevet av hat mot alt som vil undertrykke,
av smerte, nød og forpinthet... Men du ble drevet av lykke.

Slektsarv, evner og krefter — hvor hemmelig rik du var.
Du fikk, og du ga, så meget, som sønn, som mann og som far.
Skulle du takke for *dette* med noen seirer ved skranken?
Du ble den utilfredse, den hvileløse i tanken.

Som i en høstlufts nærhet lå engang målet du så:
Rettferd for alle på jorden. Men tung ble veien å gå.
Broløse elver flommet, myrene strakte seg sorte.
Du gikk mot et fjell som du skimtet, alltid lengere borte.

II.
Det vanket så mange venner
i Bernhard Herres vei.
Sent gikk de ut i natten.
Rikere følte de seg.

Det var en kveld i september.
Angsten lå tett og grå.
Din Kirsten satt blek og ventet.
Da ringte en fremmed på.

Så edelt var dette hjemmet,
at han måtte komme til slutt.
En tysk soldat stod i døren.
Viggo Hansteen var skutt.

III.
Som et fuglefjell i flammer
føltes sinnet ved din død.

Sagnet går at nord på Fugløy
har en ond, formørket mann
engang landet under stupet
og tent strandgresset i brann,
og han lo da ilden sugtes
opp langs trange revners strå
høyt til hyllene i berget,
der hvor tusen reder lå.
Flågene stod flammespente —
hele fuglefjellet brente.

Med en dunonge i nebbet
lettet hunnene og strøk
ut mot havet, ut mot frelsen,
gjennom angst og ild og røk,
satte ongen varsomt ned
på en bølge, mørk og øde,
og fløy klagende avsted,
inn igjen hvor pinte liv
lå og brente seg til døde.

Nye fugl kom hjem fra havet,
og de suste inn i flammen
til de andre; og som fakler
sank de ned i dypet sammen.

Slik tar ilden i vårt hjerte
ved hvert bøddelskudd som smalt,
hvem blir neste av de beste,
hvem er fengslet, hvem er falt?
Tanker vi var sammen om
slepes hen til død og dom.
Det er livet vårt som myrdes.
Er vi ennå få og svake,
kan vi ikke stå avmektig,
vi vil hjem, vi vil tilbake,
hjem til våre dømte venner,
dit hvor fuglefjellet brenner.

IV.

Gikk du så rolig blant fienden, fordi du ikke *forstod?*
Du kjente dem, deres saga, sammenklistret av blod.
Frihetens menn i Tyskland hadde de myrdet før.
Kom de, hadde de skrevet forlengst et kors på din dør.

De kom. Du reiste deg mot dem. Du så fra by etter by,
som brente i vårdagens sol-helg, dødskorset på deres fly.
Arbeidsfolk floktes rundt deg, fra skogsgrend og fiskevær.
Veier og flygeplasser ble bygget for Ruges hær.

Så stirret en junimorgen, etterglemt, trett og grå,
fra fjellene ned på kaien. Det siste skip skulle gå.
Du ble bedt om å reise. Da smilte du mot en venn:
«Dere skal kjempe ute. Men noen får bli igjen.»

Du gikk tilbake. Du hadde så meget å verne om.
Tusen på tusen kjente seg sterkere da du kom.
Men dem som for *deg* var kjærest, dem som *du* helst ga alt,
kunne du ikke verge for dødens kval da du falt.

Men kanskje fikk du beskyttet dem dunkelt, allikevel,
slik som du må ha håpet, ved barnenes seng mot kveld.
Noe umistelig evig følger dem på deres vei.
De ser dine fryktløse øyne. De har ikke mistet *deg*.

Du tok din plass i en forposts stumme, dødsdømte strid,
uten å selv kunne reddes, men for å gi andre tid.
Andre skal engang seire i væpnete, åpne slag.
Men det var de ensommes offer, som lyste, *før* det ble dag.

Hvor ofte må de ha knuget revolveren i sin hånd,
fordi du var alt som de hatet, og savnet; fordi du var ånd.
Hva kunne de stille opp mot en tankes ukuelighet?
For dem er *et menneske mindre* den eneste seir de vet.

Det hastet for Tysklands krigsmakt, i nødverge mot et sinn.
Du fikk ikke sagt farvel til den verdenen som var din.
Alene var du og Rolf Wickstrøm. Best var det kanskje så.
Det er en smerte før døden de levende ikke kan nå.

Men de som så deg den timen du visste at alt var endt,
trodde du var *forsvarer,* i samtale med din klient.
Rolig og rak gikk du nedover dødens grå korridor,
med ham som ditt liv var gitt til, din kamerat og bror.

V.

Det snakkes så mangt om hjemkomst,
om seierens skinnende dag,
da bordene skal bestilles
og alle skal henge ut flagg.

Men kanskje vil gjennom frostrøyk
solkulens røde skjær,
stå som et blodig skuddsår.
Alle er ikke her.

Kanskje vil gå fra festen,
frysende, seier-sky,
noen som vendte hjem til
de pintes og dreptes by.

VI

Men stundom, kringsatt av krigen,
ser jeg deg nær og ilive.
I angstbleke ventetimer
foran en ukjent dag,
hvor det står ingensteds skrevet
at selv skal en leve bestandig,
er blodet og smerten veket
fra dine ansiktsdrag.

For sorg er bare den *avstand*
som skiller oss fra våre døde.
Kastes vi frem til grensen,
er veien endt i vårt sinn.
Skal ikke livet vare,
kan ikke sorgen heller,
men åndes i dødens solskinn
bort som et tåke-spinn.

Alltid det samme stedet
synes jeg at du ferdes.
Blusset av midnattsolen
stryker syrenblå fjell.
Rolig glir Reisa-elven
langs strendenes gress og løvskog.
Bjørkegrønn, undersjøisk
lyser en sommerkveld.

Støvregn fra Mollis-fossen
når gressvollen der vi sitter,
står som en kjølig-grå teltvegg,
hvor mygg og knott må gi tapt.
Her, mellom blomster, er bålet.
Sorgløs i lusekoften
stirrer du ut i kvelden,
i takk mot alt som er skapt.

Hvor alt i deg ville *gleden!*
Lånte du meg ditt redskap,
og knekket jeg fiskestangen
i første og annet ledd,
rystet du aldri på hodet,
men slang deg tilfreds ned i lyngen,
og redegjorde: at dét var
det beste som kunne ha skjedd:

Nå kunne vi gå til Imo
som blågrønn styrter i juvet;
prøve vår elvebåt-kunnskap
hvor strykene fosser stri;
oppsøke revehuler;
la være å gjøre noe;
ta veien til Kautokeino;
nå var vi endelig *fri!*

Jeg tenkte: selv å bli gammel
må kunne bli noe muntert,
når årene lagres som rikdom,
og ikke blir skritt mot en grav.
Vi skulle le av, og tro på,
og ikke begripe, det samme,
mens natten mørknet rundt bålet
og verdenen vi holdt av.

Her var vi — somren før krigen.
Over den grønne vollen
i skumdråpe-drevet fra Mollis
skimret et regnbuespenn.
Her ville vi, sa vi, tilbake;
og stundom i angstgrå timer
er det som løftet ble oppfylt,
og vi har møttes igjen.

VII

Sommeren sank. Over snefjell står stjernenes hvite ild.

Du har brutt opp og gått fra oss: for du hører andre til;

— ikke fordi millioner fra grube og hav og havn

har reist som en blodig fane ditt og Rolf Wickstrøms navn,

men fordi du er sammen med noen bleke menn,

som, mere enn vi, har rett til å kalle hverandre for venn.

De kommer fra fly i flammer, fra øde stormveltet hav,

og møtes på stranden av landsmenn fra fengslenes massegrav.

Mange er pinte av krigen — av sult og sår-verk og frost,

men bitrest de våpenløse som falt på en ukjent post.

De er de *menneske-pinte*. Bødlene så deres sjel,

landet omkring som de kom fra, og rev dem langsomt ihjel.

De gikk på så mange veier frem til celle og død;

fra rike evner, og enkle; fra trygge hjem og fra nød.

Fisker, jurist og lærer, arbeidsmann og agent,

og han, som sluttet mot muren sin barndom: en ung student.

De kunne blitt i sin hverdag. De måtte gå. De var kalt.
Og alle brakte en gave; den samme. For det var *alt*.
De døde for menneskets storhet. De visste da slutten kom
at håpet, det grenseløse, var det de var enige om.

Over de dødes rike står luften ukrenkelig ren.
Det er som å splitte et vennskap, hvis vi vil nevne *én*.
Alltid kommer det nye. Vi kjenner dem, mann etter mann.
Vi som fikk se dem, skal huske: at *slik* er vårt fedreland.

                                          Island — England, september 1942—juli 1943.

DANMARK

Hvor Danmarks liv var varmt og nært,
fra hav til hav fortrolig kjært,
hvor lett det måtte være
for bombefly og panservogn,
som drønner over sogn på sogn,
å ringe inn det nære!

Da det ble lyst, var Danmark tatt.
Men bakkene ved Kattegatt
så ingen morgenrøde,
og natten senktes, stjerneløs,
og gresset grånet, kilden frøs,
og skogene stod øde.

Men midt i vårens bleke høst,
hvor folket hadde ingen røst,
forstod det dypt i sjelen
det som var vårens stride lov:
den ventet aldri eller sov —
men brøt seg *gjennom* telen!

Langt borte fra sitt eget land
har danske sjøfolk, mann for mann,
i smerte villet prøve,
tross navnløshetens bitre kår,
å, ensomt, være Danmarks vår,
med blodskjær over løvet.

Sin farfars far de tenkte på,
da han i blod fra Dybbøl så
det land han ofret alt for;
og over mangt et senket skrog
fløy, usett, samme Danebrog
som deres fedre falt for.

Og flygerne, de tapre få,
som går til angrep i det blå
fra klippene ved Dover
de vet at det er Danmarks jord,
sitt eget barn, sin unge bror,
de alltid våker over.

Men Danmark selv? Langs Sundet går
en rastløs, underjordisk vår,
og stundom slynges saften
som bitre opprørskilder opp
og skyter frem i knopp ved knopp,
på tross av tyngdekraften!

Hvem snakker nå om Nordens sak?
Det kreves smertetunge tak
av menn som *hjelper* våren.
I kamp må hver av oss bli fri;
men i dens brorskap møtes vi,
langs åkrene, i morgen!

                    8. august 1943.

GENERAL FLEISCHER

Hans aske er ennå hjemløs.
Hit er den brakt over hav.
Det kan bli lenge å vente,
før han finner en grav.

Men de som går først til angrep
langsmed en nordnorsk led
og kjemper blant Narviks snøfjell,
fører hans hjerte med.

              England, sommeren 1943.

WERGELANDSFANEN

Det lå i byen Toronto,
bortgjemt, en gammel fane.
Hundrede år hadde gulnet
dens barnetroskyldige duk;
men slik som pressede blomster
bærer et gjenskjær av våren
lyste det blekt av den timen
da fanen ble tatt i bruk.

Heggen blømmet på tunet,
i landet fjernt over havet,
da fanen Teistes i solen
over en nypløyd jord.
Det var en tolvårs pike
som ivrig og stolt hadde sydd den;
men malt var den fnysende løven
av hennes eldre bror.

Så bar de den frem gjennom bygden,
Camillas og Henriks fane,
foran det allerførste
syttendemaitog som gikk ...
Det var som landet omkring dem
var gyllnet av mere enn vårsol:
hjemmets og frihetens Eidsvoll
lyste mot deres blikk.

Kan frihet velsigne dagen?
Wergelandsbarnene så det, —
i lykke (som andre i smerte
siden fikk det å se).
Frihetens vekst var i blomsten,
frihetens kraft var i elven,
frihetens renhet lå over
de fjerne fjellenes sne.

Men frihet kan ikke stenges
inn i et fengsel av lykke.
Grønske snerker på vannet,
hvis elven faller til ro.
Her, hvor ånd hadde engang
ensom trosset Europa,
gikk friheten som en feber
i Henrik Wergelands blod.

Som svaneskriket om høsten,
som sommerens valmue-hete,
som vårens skummende bre-vann
og nordlysets vinterbluss
steg hjemlandet opp i sangen,
som fløy for å brenne og mane
hvor friheten kjempet — fra Skreia[1]
til Aconcaguas tind.

Skogbygdens slu prokurator
og purpurets stolte cæcaris
så han som samme sviker
mot jordens frifødte mann,
men bar på sin sang de forfulgte,
jøden, polakken, spanjolen,
negren på bomullsplantasjen,
mot frihetens fedreland.

[1] Fjellet ved Eidsvoll.

Tyrannenes gjerning så han:
ruiner, likhauger, blodhav,
åkrer av barneskjeletter;
men frem måtte slektene gå;
og som en sang steg *håpet*
fra det befridde Europa,
fra bleke kranie-munner,
der hvor martyrene lå.

Så endte den ville reisen.
Det stilnet, det hjertet som hadde
stormet og rast under himlen
så langt som dets krefter rakk.
Hans mor kom til ham fra døden;
en blomst som hun hadde elsket.
Han var nådd hjem. Og hans øyne
kysset en gyldenlakk.

Men søsteren, barnet fra Eidsvoll,
slapp ikke taket i fanen.
Hvor *hans* geni fløy mot verden,
slo *hennes* pinefullt inn.
Hvem nevnte frihet, når brystet
føltes som cellevegger,
mørke og snevre av fordom,
og fangen var hennes sinn?

Alt som hun selv var bedratt for,
ble bittert et våpen for andre —
i jagede dager og netter,
med aldri en varmende seir.
Det var som hun førte til slutten
med tynne årete hender
en fil over fange-gittret
ut fra de stummes leir.

Det lå i byen Toronto
en gammel fane og ventet.
Skulle den, bortslengt av skjebnen,
tæres av glemselens møll?
Da reistes den brått opp mot stormen,
da fikk den sin villeste reise,
mens løven flammet i solen
og himmelhvelvingens sølv.

Ungdommen hentet sin fane,
Eidsvollsbarnenes landsmenn —
som nettopp så våren visne
over sin hjembygds jord:
for frihet var ikke mere.
Så strøk de på tusen veier
fra bygden mot menneskeheten,
i Henrik Wergelands spor.

Brødre fra hele verden
steg de med, under himlen;
frihet har ingen grense;
én er urettens sum.
Volden som pinte en fange
bak piggtrådsmuren på Grini,
jog de mot, for å drepe,
i flygernes verdensrum.

Alt var blitt sagt av geniet,
men slektene hørte ham ikke:
Aldri nådde hans syner
frem til noen despot!
Det ble en annen ungdom
som måtte *nå frem* med sitt angrep
og måtte betale prisen
med kanskje et bitrere mot.

Det er en søster hjemme
som verger på skoleplassen
mot susende gummikøller
sin trossige frihetsdrøm.
Alltid husker han henne,
mannen som holder om fanen.
Evig lyser i duken
sting av en barnesøm.

Nå flyger Wergelandsfanen —
over en hårdere ungdom
(ikke i sang om tyrannen,
men ute etter hans blod).
Venner styrtet i rummet,
men andre skrev deres rune —
det frihetsdikt som de *levet* —
med hugg av en ørneklo.

Fra Eidsvoll og utover verden, —
men alltid på veien tilbake,
alltid inn mot den timen
da maidagens hegg skal stå hvit,
og blomsten og elven og stjernen
er rene, som dugget av tårer, —
fordi at en gammel fane
ble brakt tilbake dit!

        Toronto, juni 1941 — London, juli 1943.

PÅ TINGVELLIR

Til en islandsk venn.

I.

Sammen i sensommerkvelden stod vi på Tingvellirs slette, —
her hvor en havstrand var høyfjell, og måkene skrek over vidden.
Dampen av kokende kilder med skrånende solstråler bak seg,
lyste mot fjellet som svartnet. Men iskaldt i sprekkene nær oss
steg vannet, grønnklart og renset av lavaens dødsgolde filter.
Klart mot den kjøligblå hitnlen stod fjellringen, skogløs og naken,
Skjaldbreidur, Hrafnabjørg, Hengill, i skapelsens ødslige fjernhet.
Alltid når folket hernordfra kommer til fremmede kyster
synes dem selsomt uryddig at blomster og skog har kledd fjellet.
Da må de minnes sitt hjemland, med uslørte, strengere linjer,

slik som en billedhugger helst føler det nakne som sannhet.

Men om de andre fikk veksten, ble fjelløya her skjenket *lyset,* —

havlys som leker med fargen i underfull evig forvandling.
Ofte når flygerne vendte om vintren tilbake fra sjøen,
stod skyenes berger av kobber, fastfrosne, høyt over Esja;

og når vi dro våre skispor i skodden på Vindheimarjøklen,
falt solen på snøen, og alt var en blussende, isnende lyngmark.

Midtsommerskjæret som bryter i lavaens gråsvarte masser,
vekker den størknete gløden til live i flammende frihet.
Lyset kan så eller høste. Kornåkre bølger fra steinen,
og fra det fjerne står mot oss en fuglestum aftenskogs blåner,
— inntil igjen er om fjellet en livløshets rolige godhet,
slik som en far er i døden bestandig å finne for sine.

Bortenfor sletten vi stod på, reiste seg Lovbergets bakke,
her hvor for tusen år siden folket kom sammen, med viljen
til å la ånd styre livet mere enn bråsinnets sverdhugg.
Fjellene her har sett visdom og menneskets hat til fornuften.
Nå er her øde, og aldri rir væpnede flokker til tinget.

Nå sitter Altingmenn sammen innendørs inne i byen
(bare med spyd-odd i ordet og bare med blodøks i tanken).
Under elektriske lamper skilles de, Sturlunga-biske.

Men i den grønne augustkveld var småbarn i lek oppi berget.
Har ikke islandske onger en egen og vennesæl godhet?
«Brodur minn! Godi minn!» hauket en søster som savnet den minste.
To hadde funnet seg hester, en blakk og en kritthvit, ved elven,
slengte seg oppå og drønnet, salløse, innover vidden.
Sølvkilder sprutet i solen når hovene ramte en vass-pytt.
«Elskan min!» kalte det, til hun holdt armene trygt omkring broren.

Barndom og fred... I ens hjerte steg det en ømhet for livet,
fra søskenflokken i bakken til havlandets ytterste grender, —
gla for at noen var skånet for ondskapen, volden og nøden.
Dog, — var de utenfor krigen, gikk folkets sinn mot det fjerne,

til hver som kjempet for frihet; og hjelp ga de aldri
vår fiende.
Slik følte vi at vi møtte en fred som var ikke forgiftet.
Utenfor krigen — men med i en tusen års krig mot
naturen.

Bråttene gliste i tåken med smadrende kraft over båten.
Snøstormen tok i sitt dødsgrep den saue-nærende vidden.
Ildmørjen seg gjennom dalen. Igjen ble en rykende
steinmark.
Men folket, glemt i et Ishavs mørketid, bøyet seg ikke.
Slektledd på slektledd sloss her, og verget en utpost
for livet,
og deres arrete hender klappet et barnehårs silke.
Mere enn det. Dette folket rakte en gave til verden.

Over en frysende hverdag sprang som en regnbue, ordet.
Veiløst og værhardt var landet, så kunst måtte bæres
i sinnet.
(Lerreter krever å skjøttes, og steinstøtter kan ikke
fraktes.)
Men der en mann kunne hugge sin isbrodd i skrenten
av jøklen,
og der han klarte å drive sin hest i den flommende
elven,
kunne den ensomme bringe med seg en verden, i ordet.

Håpløst var ikke livet, når tanke og dåd kunne huskes.
Flere var de på vidden, når fortidens døde var hos dem.
Alltid var følelsens velde, til godt eller ondt, det de søkte.

Vennskap mintes de: barn som i sommerlys lekte i fjæren,
og blodige verget hverandre som fostbrødre fjernt fra sitt hjemland.
Kjærlighet: mannen og kvinnen, som ga til hverandre sin ungdom,
og sammen gikk, som et kjærtegn, i hvithåret troskap
i døden.
Men også det splittedes styrke tok de imot som en rikdom:
sinn som aldri fant hvile, i dragsug av utferd og hjemvé,
hjerter som skulle vært sammen, men alltid ble uforsonte,
i brennende attrå og avmakt, som kalde og kokende kilder;
den vrakedes hat og villskap som bare ble slukket i hevnen.
Og siden: et skyggestilt samliv med ham som hun elsket
og drepte.
Kanskje århundreder etter satt de i fjellgårdens øde,
og lyttet, stoltere, over at menneskets liv var så selsomt,
og *de* var også en del av et uutgrundelig mønster.

Selve den frostbitte øya med fjorder og daler og jøkler
fikk som en åndende nærhet av navner fra kvad og fra
saga.

Likesom lyset fra havet strøk inn for å omforme steinen,
kom ordet fra menneskets indre. Et fedreland skaptes
av landet.

Her, midt i hjertet av Island, på Tingvellirs hellige
slette,
har folket bygget en gravplass, hvor deres største skal
hvile:
de som har etterlatt ordet klarest og sterkest og skjønnest.

Den første av dem er lagt her under det frodige
grønnsvær.

Nedenfor gravsirklen lyser en stripe av fintknuste hav-
skjell.

Men gjennom gresset er skåret et korstegn av sortnende
lava.

Natten falt på. Over vidden stod nordlysets flakkende
bue,
fra fjell til fjell mellom stjerner, med is-skjær fra høsten
i himlen.

Det gikk en flokk unge piker i gruskorset oppe på
graven.

Kanhende var det de samme som stod på en solforblåst
brygge
imorges, hundreder av dem, og slet med den blodete
fisken,

med gummistøvler til livet og glorete skaut over hodet,
med knallgule oljeforklær og rop gjennom havmåke
skriket.

Nå gikk de sommerlyst kledde i fjellviddens ensomme
velde.

De sang. De gikk og var livet, med øynene, munnen og
huden,

og håret, frodig av regnblæst, i brus opp fra kraniets
strenghet.

Med blodets spill gjennom kroppen ga de sin varme til
korset.

De gikk og var sangen over den dødes ben bleke stumhet.

II.

Men mens jeg tenkte på Island, var tankene dine hos
Norge.

Hvor ofte, ned gjennom tiden, har tanken gått dit over
havet!

Sagnet forteller at dengang de første landnåmsmenn
kom her,

savnet de fossene hjemme; da ledet de inne fra vidden,

elven, som stilt fløt mot sjøen, utover stupet ved tinget,

Siden hjalp det mot lengslen, når de fra hesten, langt
borte,

så fossens sølvtråd i fjellet, som fjernt i det blånende
Sunnfjord.

Men aldri slapp de i sinnet den jorden de måtte dra
bort fra,
fordi at friheten veiet mere enn komtunge akre.
Slekt etter slekt måtte seile i trekkfugle-drift over sjøen,
til gjensyn med landet de tapte; forske det, spore dets
skjebne.
Klarere så de enn andre, med øynene kjærlighets-bitre.
Og langsomt, hjulpet av fjernhet, steg i en høvdinge-
hjerne,
i Ishavets øde vintrer et ørnesyn utover Norge ...

Men det var et *annet* Norge tanken din gikk mot i
kvelden,
smertens og fengslenes Norge, kampens og frihetens
rike —
hvor stridbare sinn står sammen, som båer og skjær kan
i stormen
bli til en havmur som sperrer en fremmed på ferd inn
i fjorden.
Smertelig, søkende sa du: «Så ofte jeg tenker på Norge,
på all den storhet og styrke som krigen har skapt, må det
slå meg,
hvor grusomt og ondt det høres: at også mitt land hadde
godt av
å renses i samme ilden og finne sin sjel og sin frelse.»

Sikkert sprang ordene dine opp fra en ydmykhets varme,
men også blant mine landsmenn møter en stundom den tanken,
at krig var noe vi trengte; og hvor dere, tror jeg, har urett.
Den som må lutres ved krigen, får heller gå, ubegrått, under.
Altfor dyr er *den* frelsen, ved myrdede småbarn og gamle.
Krenkende også er tanken: å finne sin sjel ved et møte
med råskap som vi forakter, med trampende, blod-smurte klovner.
Det er vår *fiende* som kaller en krig for et styrkende stålbad,
og river freden i sønder, hvert tyvende år, for å renses.

Men har ikke krigen vidnet om menneskets styrke og storhet?
Jo. Hver dag har vi sett det: En sjømann som fra torpedering
går, navnløst, bortover kaien på vei til sin neste bensin-båt,
flygernes klynger som driver fra Kingston House ut
i solen;
med *annen* ro skal de kanskje inatt sette kurs over Tyskland,

og som en smertespent bue går motordrønn høyt over Surrey.

Og en må og alltid minnes: den syke i fengslene hjemme,

(Hvor steltes godt med den syke, da folket vårt rådet i landet.

Lege ble budsendt, og alle måtte gå stille i trappen.

Matbrettet dektes med omhu; sengen ble redd og gjort kjølig.)

Nå blir han sparket fra briksen ut i den regnklamme dagen.

Vokterne hisses av blodsmak, fordi han er syk; han er bytte.

Timevis driver de med ham, inntil han ligger urørlig,

med klærne klistret av søle og blod til den utpinte kroppen.

Rundt dem står åsenes disgrå rolige linjer i regnen.

Så skimter de liv, og smeiser med køllene over hans ansikt.

Dette skal aldri ta ende; for her er et sinn de må bryte.

Hvem vil bebreide soldaten i krig om han oppgir å kjempe,

når skutt er siste patronen, og han er alene med fienden?

Men den som har åndens våpen har ingen håpløshets hvile,

og bøddelslagene faller på håpets blodige nerver,

og overgivelsens time kan ingen feltherre gi ham.

Har ikke krigen skapt storhet! Den skapte den ikke. Den var der.

Hva håp ble igjen for verden, for slekten hvis fremtid vi verger,

om storhet skapes ved terror, men dør hvis den lates alene?

Den *var* der, midt i vår hverdag, med stridbare hjerter, og milde,

i sinn hvis vesen var klarhet, i sinn som ble hete ved urett.

De som har kjent og forstått dem, moren og hustruen, lærte

ikke om styrke og storhet, først i en dødslistes smerte.

Vi andre hadde så meget annet å se, enn det gode.

Men alltid var de omkring oss, med rolige ukjente krefter.

Det var det *krenkede* i dem som hvileløst drev dem til kampen.

Krigen skapte dem ikke; de skal ikke stanse ved krigen.

I sine levende brødre skal de gå fryktløst til freden.

De som stod sterke mot volden, de hardføre, byggakerstride,

tror seg istand til å tåle den solvarme blesten av frihet.

De har en styrke å dele, de har en godhet å gi oss,

bare vi fatter vår hverdag med seende, elskende øyne.

Og er ikke freden også en tid da folket kan prøves?

Da har vi lov til å huske: at håpløshet alltid hjalp fienden,
håpløshet som i sin glanstid maskerte seg ofte som klokskap,
var vittig blant sine venner og utstrålte hygge ved bordet,
av ham er masken blitt flerret, og bak var en sviker mot livet:
Besnærende matematisk var det ham kjært å bevise
i nederlagsmørke dager hvor seiren for oss var umulig.
Nå glir han, lydløst, tilbake, med sekkestri viklet om åren.
Se, hvor det blinker av morild i hjemlandets høstlige fjorder!
Når vi skal prøve å bygge en fremtid med rettferd for alle,
da vil han være tilstede, og hva blir *dennegang* masken;
Men de som ventet i dekning og lyttet til fottrin i trappen,
og de som stirret mot ubåt mens skipene brant over havet,
kan vel, med skjerpede sanser, få funnet hans stripete hjerte.
Og hva er han mot de tusen, hvis eneste liv har vært håpet?

England, oktober 1943.

SJØFOLK

(Ufullendt)

Lik en by av jern på vandring går konvoien over havet,
langsomt flytter seg dens gater i den grå oktoberkveld,
inntil nattens ville mørke brusende begraver byen, og
hvert skip blir til en ensom, hudløs verden for
seg selv.

Etsteds forut skal en slagmark blodig veltes opp fra
dypet —
De kan bare *vente* på den, fra sin våpenløse vakt, — de
som står mot styrehusets nakne fengselsgrå betong-
mur,
eller jobber, innestengte, i maskinens dype sjakt.

Hvor det kjente føles spinkelt rundt om bordet i
lugaren, —
skottets bilder, lampelyset er til låns en stakket stund.

En av frivakten har bikkjen stukket inn i rednings-
drakten.
Alt det liv han ville verge, lever hos ham i en hund.

De har kjent til *andre* netter; ravet blinde av bensin-
sprøyt
over dekk, hvor flammestormen suste glødende og vill.
Skipet brente, havet brente, mens de svømte under
vannet.
Når de måtte opp og puste, tvang de hodet gjennom ild.

De har stivnet i en livbåt, ruggende mot Ishavs-føyket;
akter, som en frossen vilje, grånet skipperen tilrors.
De som følte slutten komme, la seg stundom opp mot ripen,
så de andre skulle klare å få liket utenbords.

De er ikke i vår krigsmakt. De er bare med i krigen.
Lenger enn vi andre har de ført sin harde bitre strid;
de har prøvd å stanse volden, før den stod i grinden hjemme.
Brødre av dem, norske sjøfolk, stupte navnløs ved Madrid.

*

Som kolossen i konvoien går det norske kokeriet.
Tyve tusen tonn med olje er den frakten som det drar.
Tur på tur har det slept sammen, over havet, gjennom døden,
det som trenges angrepsdagen, når soldaten overtar.

Der kom smellet. Ble de truffet? Ikke de. Men skipet akter.
Så er ubåt-flokken på dem. Så er krigen der, med ett.
Lysgranater flerrer mørket. Dybdeminer sprenger sjøen.
Som en gaupe etter bytte jager langs dem en korvett.

Derombord vet de hva hat er. De har ikke lov å stanse, de må bare gå til angrep, så en natt strøk de forbi kamerater som i sjøen lå og ropte deres navner; og i smerten fra det skriket hater de og dreper de.

Men i samme øyeblikket som de skimter ubåtskroget steilende i skum fra dypet, bombeflenget, sønderskutt, smeller det i kokeriet: firetanken, åttetanken; — røk og flammer slår fra dekket. Skipet krenger. Det
er slutt.
———————————————————————
November 1943.

Lightning Source UK Ltd.
Milton Keynes UK
UKHW021026260520
363900UK00003B/321